歌　集

沈黙の塩

安森敏隆

第１歌集文庫

目次

I

不在論　*1978——1972*

赤道

父をこえ赤道を越えなが母はなれをはらみき杳き罪あり

かなしびのなごりのごとき夕映《ゆふばえ》をやどし鏡にまむかへる妻

北風をはらみ夕日をはらみつつけものめきつつ妻あゆみゆく

こころとはに飢ゑてゐたりき真冬日をのみこみねむる獣棲《けもの》むらし

かたかげが昏《くら》くてならぬわが佇《た》てる地球のうらを吾子《あこ》はしるらし

はるかなるやよひの雪のあかるめりわれやどさしめ死にし父はも

亡父《ちち》にかはるわれの父性のめばえきてひとひ辞書置き存在を問ふ

存在はきらめく塩をのみこみて妻の胸処にうみなりきこゆ

いきものの胎動ひめて妻のゐる夕べの凪のみなもとどころ

とことはの会話《ロゴス》のはじめなが母のかたりはおのが闇にむかひて

存在のきはみに咲きぬ夕桜ながうちの子とわがうちの鬼

「高志」とや「葉月」とやいはむあやふさのはざまにたちて〈性〉きめかねつ

はるかなる地平に翔ちて母を呼ぶ樫鳥ひかりなれ誕生す

存在の闇のはざまをうごきつつ吾子のみえざるひとみともしき

汝が舌の花弁のごとくなびきゐるみどりごのみどりはるかにくだる愉悦よ

茫洋となれの涙湖《るいこ》に浮かぶ帆のひとつか母や父といふとも

つかのまを瞳《め》をみひらける吾子がゐてみつめられゐるあかときの大和《くに》

かなしみの彼岸に泣ける吾子はゐて何にめざむる声かまぼろし

てのひらのつかのまもみぢと化しゆきて冬日のなかを吾子はねむれり

スプーン兵器のごとくひかりてみどりごののみどの奥処《おくか》ふくらみゆけり

花影

futur

くちなはのくちちろちろと燃えゐたり春のめざめのなかなる花や

つかのまに海のみこみし夢のあとまひるまほろば奇術見にこし
ふりむきて地球のうしろのぞきゐる麒麟《きりん》やさしも永遠《とは》の花影《はなかげ》
草原のかなたへはしる獣ゐていちにんの死を越ゆるかげろふ

冬眠のまなこさやかにひらかれて神とふものにまむかひてをり

かひばをけの海のみほしてねむるとき草食獣の魂《たま》すきとほる

百本の百合かざられし花屋にも万のさびしき燭《ひ》は揺れてをり

魂は死にむかひつつま昼間を肉屋のきざむ挽肉《ミンチ》溶けゆく

花を食《は》み空みつめゐる子鹿ゐてとほき獣性よびさましをり

まんてうの底ひにねむる桜貝たとふればきのふけふあす

Présent

くわいくわいと塩《しほ》ひかりゐる砂丘《すなをか》に足跡のみがほそりて昏し

さまざまのかたちの死あり揺れつつも瀬戸うちびとの漁火《いさりび》ともし

ランナーの髪さわさわと鳴りいづる千のこだまのなかなるひとり

右の手のただよふかなた罪ひとつそのひとつさへおほひかくせぬ

十本の嚆矢《かうし》となりて尖がる指おのもおのものかなしびの花

一人《いちにん》の父の軀につづく蟻　戦後三十年の鋭角の地図

店頭に空曇日ごとつまれつつ革命詩人のつむぐ花暦

蝙蝠傘《かうもり》の先端雨に研がれをりわれらが不在の花ひらくとき

ここすぎてかなしびの声すきとほるわれの背向《そがひ》を蜩《ひぐらし》鳴けり

見ることのきはみに佇《た》たむ国境《くなさか》の尾根つたひつつ花まく乞食《こつじき》

Passé

けんけんのいつぽんあしの案山子ありつちにささりて長男となる

なはとびのなはのなかなるふるさとの空どこまでもかへりゆけ雁

鳥ことばはなせしころの幼さや春には春の花食《た》べつつ

草笛のなかなるめざめきざしつつあなたの耳のふるさとにゐる

てふてふのお花ばたけのきみとぼくそのまま花よめ花むことなる

ゆきのうへゆまりゆりつつゑがきしは初恋といへをさなかりしよ

ひるの沼ふるちんちんで泳ぎたりつひにとられしものなにかある

れんたいといふにをさなく手をとりてかつてもまけても「花いちもんめ」

くうきじゆうのたまのなかなる少年期はとのこきやうをかけてゆきたり

がらくたをあつめて花子とつみゐしはきのふの夢ののちのまた夢

逆信

彼岸会《ひがんゑ》の老婆の日傘くるくると国境《くなさか》を越え来《こ》しにあらずや

餌《ゑ》を狙ふさかさ磔刑《はりつけ》の蜘蛛がゐてわれに帰るべきふるさとはなし

ふるさとの躑躅の森をくぐるとき未生《みしやう》のわれのあやまちにほふ

罐けりの罐どこまでもころがれり鬼のままにてふるさとを去る

かはたれのときを石碑は鎮もりて死者とふものは越ゆるほかなし

彼岸花とびちれやちれ水の上〈劫《ごふ》〉のはざまをながれゆくもの

苦しみを吐き出すのみの夜となり口腔きしむ死海の潮《うしほ》

肉食獣　食ひつぐ人ら宵宵をとほき鹹湖の水で嗽《うがひ》す

つかのまをまもるべきもの映し去る死海にうかぶ足ながき「父」

契約は卓上の塩くちびるは永遠《とは》にうるめる黙契の種子

祭壇の植物《フローラ》ときをりにほひきて口腔の彼岸の菜の花づけ

てのひらを陽《ひ》に透かし見るみることの系譜はさみし逆信トマス

逆信と人言はば問へてのひらにあふるるばかりの塩みたしめて

植物《フローラ》と動物《フォーナ》のはざま佇ちつくす青年牧師のかなしびをみき

くるしみを握りつぶしてカヌー漕ぐ黒人選手のてのひらしろし

はるかなる縁《えにし》とおもふ一本の線のびのびて聖レオナルド

はろばろと海図のはてをゆく鷗われにはみゆる杳き人あり

無花果のほのぼのとしてひとところ夕べの罪のほのあかりみゆ

ふるさとは母・鳥・神をうかばせて湖《うみ》の底ひの国となりたり

夕茜ひとところ濃き朱《しゆ》をひきていづこの村に血縁絶えし

結界

はるかなる異境の花の花ことばつむぎつつこし乞食《こつじき》われは
花ふぶき雪となりたるこのあしたわがうつせみの半生はみゆ

汝《な》が椿おとしおとされおひこされ鬼の裔なる無明に入らむ

カーネーション、百合と薔薇とを幽閉し愛ふかぶかと冬にいりゆく

水無月の花火はじくるときのまを結界越ゆる恋人揚羽

妻の居ぬ夕べの皿のひかりゐて沢庵ほのかに罪したたらす

妻の指すかしてひかる海がありわがなりはひの指輪のかなた

盈つるもの盃いつぱいみたしめて華燭の典のくらがりにゐる

われよりも低き泉にひそみゐる耳なきもののいのちするどし

満つる潮《しほ》河上にむきよみがへる　いのちのことなど考へてみる

街なかのここはいづこぞ花いきれ苦しくてゆく酒場地下街

ひとところ光をかへす海があり喪ひしもの多き日の午後

ささやきのごとくりかへす日日にして赤きポストに喪ひし明日《あす》

深海魚釣り上げらるるつかのまをいきいきと爆《は》ぜつつあらむ

踏み越える五十センチの歩幅にて人らつぎつぎ彷徨《さまよ》ひてゆく

夕顔の紫ふかく熟れてゆく水脈《みを》わかちもつ貧民窟《スラム》のあかり

断食の青年の胸かけぬける雲雀ありけり死にそむきたる

ふるさとの記憶の底ひめざめをり旅のをはりの蒲公英の冠毛《わた》

無縁塚日ごとふえゆきふるさとは異域のはての国となりたり

その前夜革命もなく雪もこず畳の上にねむれるわれら

空洞

いつよりか空洞埋むる風甦《あ》れてはるか架橋の揺るる平和を

購へるO型の血めぐりつつ夕焼《ゆふやけ》のなかめざめゆくらし

目覚むれば蘇芳《すはう》の色の空ありき彼岸此岸にたたずむわれら

いつせいに麦かたはらに靡きたり夕べ彼岸へなだるる心

窓窓はまなこのごとく鎖ざされていつせいに叫ぶ夕日のアパート

なりはひは夕日とともに静もれり葡萄園のぶだう闇にみひらく

煙突は人の首より長くして一日《ひとひ》そこより昏《く》れてゆきたる

はるかなる過去棲まはせて季《とき》どきを息づきてをり不在の座椅子

言葉にて飾るにあらずひそやかにくちびるふかく花びらためつ
言葉とふ花のかなたの夕あかり罌粟の実ほどの罪つむぎつつ
喧騒をはじきかへして窓らありひそかに椿事めばえつつあり

人の世の騒音かなし朝夕を猫と嗽の音もてくぎる

まなかひに三本足の椅子ゆれてたもちきたれる生活空間

千の唇《くち》、万の耳のしづもれる刻《とき》を生きゆく愛恋母韻

さらばゆけふくらむだけの風ふくみ鯉幟とや皐月くれなゐ

ま昼間をまもるべきもの持たざればジュラルミンの盾ひかるほかなし

千の舌ひらひらと舞ふ街に来て黙《もだ》し帰りぬヴァレンタイン・デー

天の創《きず》つかのまみせてしづもれり花火数千《すせん》のいのちをやどす

胎児はも闇の彼方にめざめつつ雪やなぎとや水の上の恋

南国の燕今年もゆかしめて父が戦死のよはひとなりぬ

Ⅱ　存在論　*1963——1971*

戦争前夜

潜めもつちちの貧民窟《スラム》に無数の燭《ひ》ともさむとはは冬に嫁しくる

はは娶り樵《きこり》のちちに舞ひ来たる冬の神話にかかはる赤紙

最後の夜野獣ひそませちちとはは「さればこの床、柩となるべきか」

戦禍より逃避の思想そだてゐる〈血〉つきるまではははを愛すと

胸のうち凱旋マーチ溶けるまではは離さざりしちちを戦地に

戦場に出て行くちちの匿しもつ地球儀の海何色ならむ

ちち行きて一人たたずむ桟橋のははは揺れゐき胎動おもく

果樹園の果実を赤く色づかすちち出でしのちのははの風景

頭上《づじやう》には垂れ動かざる雲があり疾走し行く海境《うなさか》のちち

印されし地図に敵地をたどり行くちちは怒りの部分そだてて

前哨に位置するちちの血は燃えて守らねばならぬははは呼びてゐぬ

戦場にひろがる一つの倫理あり血つきるまで生きて戦へ

まんじゆしやげ戦野に赫《あか》く燃えいでてちちに怒れる血の意味をとふ

敵陣に炎上しゆく村とどめ望遠鏡に拡がる祖国

戦場に横たはりゐしちちの眼にしたしみやすい空が拡がる

星屑の戦野に輝く屍をちちと名づけて遺骨送らる

もつれとぶ蝶ら戦野に追ひ行きしちち潜ませて生れし子あり

出兵の夜にかまれしははの肉ちち失せしのちも美《は》しく育ちて

ちちと呼ぶ〈墓〉に戦後の風吹きて供物の造花雪に咲きをり

永久にちちの姓名《なまへ》を受け継ぎて墓標に花をそへる民《たみ》あり

わが、レプチャびと

1

白堊紀の名残とどめし襞のなか祖国につながる民話と清水

褶曲の山の木霊となりゆきしかなしき祖国の末裔の民謡《うた》

ふるさとをすてゆく民のかなしさよ　ベンガル湾の夕日のこぼれ

薄明の海の彼方へ逃げしとふ枷となりゆく櫓をあやつりて

乾つ風喉やきつくすブータンとシッキムの谷間に住むレプ（きたない）チャ（言葉）人《びと》

プナカ－チュー・ワン－チュー・マナスの河とけてそこよりひろがる多肉植物

春雷がレプチャに季《とき》を告げるときふたたび人ら諍ひはじむ

蛭の群灌木林の水を欲《ほ》り血欲り生き継ぐ　冷血の闇

永き雨季経て咲きいそぐ百合科植物地下茎ばかり白く伸びゆき

愛恋の出発すでに拒まれて冷たく空にかかげる北峰《ノース・ピーク》

2

歌垣の夜の言祝《ことほ》ぎ伝へつつ苗植ゑ急ぐ若き男女ら

汗くさき掌《てのひら》ひからせ裸麦蒔きゆく少女唇うるみ

栗の実のはじける季《とき》を口あけて見過ごしてきしわが青年期

ヤクのけつたたき疲れて仰ぎみる祈りの山頂　巫女の末裔

その前夜少女着替へるつかのまを鏡に映るやさしさなども

中腹の積石塚に石を置き罪ふとらせて民ら生きつぐ

尖峰の踊りの群ら影絵なす祈りつかのまさびしさみせて

ヒマラヤの主陵きらめく朝焼に恋と祈りの酒熟みてゐる

人妻も若き少女も垣つくり一夜のうちに実りてゆかむ

をみならの踊りの群に混じりゆく青年硝子のごとき肢体で

3

雪解の水咽《のど》ならしとほるとき激しさもちて汝《なれ》にせまりき

凶兆のかげりをもちてせまりゆく汝《な》が頬つよく濡れ輝けば

掌《て》をとりて行けば行くての氷河裂《クレヴァス》もみえざりしかば楽しきものを

懸崖まで掌《て》とり連れきし一夜妻ねむりとはかかるあやふさ

あひいだくつかのま汝《なれ》の足もとの雪崩れゆくさみしくなきか

くみふせる汝《なれ》のにほひに草の香が咽くすぐりて過ぎてゆきたり

かきいだく二人の姿夕闇に祈りのかたちにひしと傾き

氷雪が二人のめぐりきらめけり解けざるままにちぎり重ねむ

血のしづく雪にきざみて逃れゆく少女獣《けもの》の血をよびさまし

山の夜明凍死者かたくだきあひて燃えつきし眼の涙のこぼれ

とし子、あるいは神よ

1

くれなゐのくちびるひらくつかのまを霜おりし街に朝焼のくる

しあはせの歌　うたひつつ帰り行く黄昏のいろくちびるふかく

湖にもみぢひつそり沈みゆく　少女去らしめ追はざりしかな

谷川にもみぢつらなり流れゆく　うるみはじめしうすきくちびる

教会の赤い煉瓦をへだてつつここより笑《ゑ》めるくちびるもあり

さやればさむきくちびる磔刑《はりつけ》の幻影ひそと棲まはせしまま

てのひらのをさなき愛撫くりかへし問ひつめて来しわが常少女《とこをとめ》

闇にのみくちびるふれしちちとははいかなるかたちに信じあひけむ

をかしゆくなれのくちびるひるがへるものは偽造私文書いちまい

2

永遠の摂理さかのぼり証すためははは犯されし日の子はぐくむ

うばひあふこと逢ふたびにおぼえゆく　神にあらざるものの住む街

黙契をかはせしなれと肩並めて夕映のごとき神を欲りゐつ

生誕日、ははの恋文ぬすみきて読むよりさびし神欲りするは

織り成して降れる白雪ひそか夜の神のうめきのあれてゐる刻《とき》

夕映にもみぢひかりて降りいそぐよみがへりくる神あるらしも

神神のいのりのごとくおともなくふるさとの山に雪舞ひきたり

冬くれば荒野とならむふるさとに神ひつそりと雪つみて来し

くちびるとくちびる触るるたまゆらを神あれてむすぶ確証

3

としこ！なれとふたりでゆかむと思ふ奪へるだけの神ふみこえて

硝子戸のむかうにひろがる冬へだて神とともに棲むとしこ

ぬばたまの黒髪なびかせとしこ来る祈りのごときリボンむすびて

ネックレス贈るわが掌《て》に神あれてとしこの首に住みつきしとふ

寡黙なる神やどらせて生きこしか　はぢらひながら呼ぶ〈としこ〉

としこ　なれと離《さか》りて住まむときふるさとの山雪ばかり

めぐりあふ日日かさねつつふかみつつとしこのくちびるくれなゐ深む

クルス　としこの首に飾られてとしこ一体おまへは「だあれ」

芳しき汗にぬれつつ問ひつめむとしこと神とぼくの邂逅

歌垣反芻考

ふるさとの山がかはせし秘儀ひとつわれ生みいだすまぐはひとなる

かへらざる愛恋ひとつながれゆきひとつのいのちむすびし実月《むつき》

をとめをとこ嬥《か》歌《が》ふ嬥《か》会《がひ》にかかづらひふるさとはるかふく春一番

桜狩り狩りてゆくらむ桜湯のなかに染まりし男色家群

蜂の声花粉のなかにこもりたれ植月《うづき》二十日の受胎通告

神籬《ひもろぎ》の陰部《ほと》つらぬきて花咲きぬかかるかなしきひとみか百合は

官能の谿間にむかひなだれゆく刻《とき》の狭間の牽牛《アルタイル》・織女《ヴェガ》

民族のふりまく笑みか夏まつりかなしき季《とき》をわかてる太鼓

とんとてと祭り太鼓に目覚めゆく夜の鬼らの空腹の声

中世のくちびるみゆるとてとてと鬼と神とのつかのまの邂逅《あひ》

山狭にもつれつつ消ゆ蝶ひかり巫女と神との末裔の樹樹《きぎ》

神神の目覚めいざなひ夜をゆく群衆なりき狭間の鼓

ねむりつつははとちちとにはさまれて討たるる鬼の愉悦をみたり

大嘗祭《にひなめ》の夜くれなゐに燃ゆるもの石臼の米あるいは生命《いのち》

もえにつつこがされにつつをどりゆくなれめとる日のわが鎮花祭《はなしづめ》

抱擁の刻《とき》すでに過ぎなれとわれ舟葬の形して野べに溶けゆく

歌垣の斎場《には》けざやかに実るときひとつの息の絶えてはるけし

霜月のあひそめなりきふるへつつ燃えつつなれのくちびるはるか

乱婚の群こそひかれくづほれて招福の樹樹《きぎ》に化すまでの二人

野晒のかかるかなしき愛ありて複葬の上生き継ぐ民ら

沈黙の塩

割礼の聖痕《あと》したたらす黄昏《たそがれ》は蒼穹のかなたのほほゑみ

はてしなき黄昏《たそがれ》くみてねむりをり天の上なる沈黙の塩

ゆらゆらに地上の塩と化すまでの粉雪の村いづこの裔なる

豊饒な言葉となりて消えゆかむ　みよ暁の地の上の雪

ふたたびはかへることなき天の塩地上の雪と媾合《まぐは》ふらしも

いまし今肉のかたちの消えうせて饗宴に舞ふ桜花のふたり

まぐはひはかくひそやかに浄《あら》はれむ天上の雪地の上の塩

夜の海はぐくみてゐる塩の壺青きかをりの浜風ぞここ

塩海《しほうみ》にいまひかりつつのまれゆく雪たれ爾《なんぢ》言葉喪ひ

親潮のなか一点の花うかべ通経期のなれの燔祭儀式

潮干狩り朝狩り夕狩りなれを狩りさらばひとへに神を狩らなむ

満つる塩みつる言葉に化してゆく汝《なれ》にむかへる心の貧困

早苗のごときなれの体毛なびかひて鳩の故郷にむかはなむいざ

季季《ときどき》の実りつげきしふるさとの山にひめおく雪か初恋

酒壺にひかれるものをあふれしめ飲みほしながらしなひゆく汝《なれ》

その前夜なれの肢体に塩みちてはかられてゐる罪科《つみ》のくれなゐ

めとるもののめとられるもの洗はれて契約の塩此岸に焚かむ

磐境《いはさか》に湧きいづる泉鎮《みづ》もりて森の大樹の雌雄をわかつ

天涯へ飛翔の翼みがきゐるかかる水鳥の魂かなれの眼《め》

冬の種子はぐくみぬらし薄明にちらばる星座恋ふ妻と鳥

彼岸の婚

ふゆにうまれふゆむすばるるおとうとよ秘色のはての奈落をつくせ

夕焼は奈落の底をみせながら没落しゆく鳥むかへうつ

花ひとつむつびし睦月《むつき》雪のむたなれとかはせし言葉のゆくへ

没落は奈落の虚空とりことばことばからしてなれと行きかふ

さかしまに浮かびてゐたる逆海月《さかくらげ》あをい海からときめきの声

両性の競へる祭り　対岸の彼岸の婚へなだれゆくとき

ひそやかに黙劇と化す夜の闇回転木馬のぬけがらいくつ

婚のはて罌粟の実ほどの愛くるみ風花植物のごときさすらひ

火のにほひくぐりくぐりて胡桃割りめとりののちのいざあひことば

われとなれいづれの比喩として甦《あ》れむみそぎののちの石見の根雪

婚ののちかたみに指輪めでながらその円環のなかなるきづな

宵ごとに裸身ほそらせむつびあふ蝶らくるめき堕ちし奈落に

食卓に深海魚群蒼ざめて反禁欲の夜のはじまり

動物と植物の間を生きゆかむなれはわが伴侶《とも》「わが強き盾」

祈りとは風に鳴りつぐ芒原　足なへ口なへ彼岸にたたむ

たまゆらを鏡に映しなれはゐるてりかへしほどのしあはせをいふ

鳴禽の柔毛《にこげ》やさしもねむるとき風にゆあみの心のくまと

極月の月ほそりつつさしこめばとほき余韻のごとき婚たり

ためらはず生きむあかしをつむぎつつことばの柩彼岸へながす

かすかなる父系つたひてひびきくる春はいくさのはじまるきせつ

聖域

胸ふたつあはせてもなほうづまらぬかたちの愛か秋津かげろふ

季季《ときどき》のかなしさうかべせまりくるなれをめとりて来《こ》し瀬戸の海

聖域を日日をかしつつふかめつつなれのひとみにきざす汐あり

はつゆきの彼岸のちぎりまがこともよごともひとつなれの胎内

ひかりともしもともわかぬなれの目をよぎるものあり神に先だつ

なれの掌《て》の意外にふかくふれくる日罪かさねきて奪ふものなし

くるひざく冬の広場の花時計耳ほてらせてなにを待ちゐる

街と街むすべる電話なにげなき言葉で愛はみたされてゆく

たえまなく移ろへる人見下ろして地上十階でなれ待ちてゐる

さまざまの墓あることが生きてゐる構図となりて夕暮れの街

五本の指意外にやさしくからませてなれと二人ではぢらひてゐる

なれの手の小指ひそかにふとりゆく信じたきものすべてたくして

反戦のビラはられゐる街角で疑ひもなくわかれるわれら

〈せいゐき〉を日日侵しゆく軍団　われには杳きくにエルサレム

ひそやかにヴェトナムのためなれのためそだてし鳩のをさなき旋回

くちづくるつかのまの天霧ふかし地球の底ひたたずむわれら

暁の益荒男《ますらを》をもてのぞきみるなれの荒野のいりひといのち

まはだかの愛といはむか水槽にみすかされつつ餌を喰《く》ふ金魚

ねむりしまま飛んでゆく鳩たえまなく鼓動ひそませ愛ふとりゆく

ふるさとの母の義眼にみすゑられわれらの戦後涙となりゆく

栞

分析的な思惟をおこないうる歌人

梅原　猛

最近、読んだ本の中で、安森敏隆氏の『斎藤茂吉幻想論』は、もっとも面白い本の一つであった。

氏はここで茂吉を一種の幻想的人物と考えている。詩人の本質は、私は幻想の豊かさにあると思っているが、茂吉は、このような幻想的詩人であるにもかかわらず、正岡子規の短歌に影響され、歌をつくり、後にそれを理論化し「写生」の説をとなえた。

安森氏は、ここに茂吉の根本的な不幸があると見ているらしい。らしいというのは、氏のこの著書は、はなはだレトリックが工夫してあり、このあまりに工夫しすぎたレトリックが、かえって氏の説を、もう一つ明解ならしめないからである。

もし、氏の説がそのようなものであったとしたら、私は、氏の説ははなはだ卓越した説であると思う。私は例の『水底の歌』で、茂吉の「鴨山考」が、いかに幻想的であり、この詩人としての茂吉の長所が、いかに学者としての茂吉の短所になっているかをくわしく論じた。

安森氏は、この私の説に同感しつつ、その幻想が、どこからやって来て、それが茂吉の歌人としての本質とどう関係するかを明らかにしてくれた。茂吉の「写生」の概念は、一切のものをそこにつっこむことが出来るフロシキなのである。そして、このような写生の概念によって、彼の作った実に下らない日常性の歌を茂吉は救おうとしたのであると安森氏はいう。

特に、茂吉が妻のスキャンダル事件以来、一方で、柿本人麿研究に夢中になり、一方で、永井ふさ子への恋に浮身をやつした過程の叙述は面白い。茂吉の心に大きな空虚が出来、その空虚を、研究と恋によってうめようとしたが、それらの研究も恋も、結局、空虚な幻想であったというのである。ここで私は茂吉の幻想の才能の使用法がまちがっていると思う。彼は実作の方に幻想の才能をむけずに、幻想であってはならない研究と歌人としての名声と、養子としての立場ゆえに、けっして実ることのない恋人への手紙に幻想の才能を発揮したのである。このへんの安森氏の指摘ははなはだ面白い。

安森氏は単なる評論家ではなく、同時にあるいは、それ以上に歌人である。こういう安森氏にとって、もっとも大きな問題は、結局「写生」ということであろう。この現代短歌の中心理論である「写生」をどう見るか、それは氏の実作そのものと密切にかかわってくる。この著書には、茂吉の写生論への批判があるが、氏の写生論、あるいは短歌論はもう一つ明確ではない。それは実作者として、安森氏が今後永久に問い続けなければならない大きな問いであろう。

私は今、安森氏の歌集の序文を求められている。しかし私には、氏の著書ほど、氏の歌はよく分らない。また氏の理論と氏の実作がどう結びつくか、くわしく検討する時間もない。それゆえ、氏の許しを乞い、序文にかえて、氏の著書の感想を書いたわけである。

私は、氏を歌人にしては珍らしく、理論的な思索ができる人であると思う。このことが、実作者としての、氏の長所でもあろうが、それも同時に短所となろう。

しかし、私は、茂吉の中に、あまりに混沌たるものを見る。その混沌たるものは、彼が、生に忠実であった詩人であることによろうが、同時に、彼が、矛盾律の意味が正確に分らない混濁たる頭脳の持主であったことにもよろう。

茂吉も人麿を自分と同じ人物と見ているかもしれないが、人麿は、混沌たる生を歌う詩人であっても、混沌たる頭脳をもった詩人ではない。彼はきわめて明敏な知性人であり、その明敏な知性ゆえ、悲劇的運命をまねいたと私は思う。私は頭脳の混濁をもって詩人の本質と考えているような詩人はもう結構と思う。

われわれは、ここに、十分に、分析的な思惟をおこないうる一人の若き歌人をもったことは確実である。この歌人の未来に期待することにしよう。

ことほぎの森

塚本邦雄

森鷗外が石見津和野の生れであらうとなからうと、森蘭丸が美濃金山城で生れようが生れまいが、私はてんで興味がないし、殊に作家論に生國を殊更らしく前提として謳ふのには贊成しかねる。にもかかはらず、安森敏隆が備後の三次を故郷に持つことは、私にとつて、最初から關心事の一つだつた。勿論私はこれを歌人論と結びつけるつもりはない。歌人として認める以前、私の前に現れた安森敏隆は立命館大學大學院學生で二十五歳、名にしおふ梅原猛教授の謦咳に接した若者としての彼は、まさに佳い意味で山男、否森の男であつた。

京の雅致も柔媚の氣風も肩そびやがせて遣り過す風情、直情徑行、純情一徹の氣質が秀《ひい》でた眉と炯炯たる眸にも、一瞬によみとれた。昭和四十年代の始め、既に稀少價値に屬する靑年の一タイプであつた。そしてその頃から、彼は茂吉硏究に首まで漬かつてゐた。中村憲吉の「布野」にま近く、茂吉や猛のライフ・ワークの一つである人麻呂の石見も、山一つ越えた北の國、といふのが、機緣であつたかどうかは知らず、尋ねたこともない。多分遇然の成行が眞相だらう。

私にとつて備後・安藝は、愛する「田植草紙系歌謠群」の故郷であつた。「いざいざ戻らう今日の日を見よやれ／日も下りたに今日日を見よやれ／編笠は茶屋に忘れた扇子は町で落いた／買うて參《まゐ》せう今度の三吉町《みよしまち》で／町に無いやら扇を買うてみえぬなう／夏は過ぎ行く扇子は戻しまゐらせう」の三吉、卽三次であり、また「日のかひ友達は名殘惜しや友達／洗ひ川でこそ文《ふみ》を參る／洗ひ川の中の瀬で稚兒が文を落いた／簗打てや簗打てや簗打つて／簗に文がとまりた」の供養田が重なる。昭和三十年代の終りから四十年代の初めにかけて、私はこれらを含む歌謠群に飽くなく目を通し、かつ諳誦してゐた。

歌垣の夜の言祝《ことほ》ぎ傳へつつ苗植ゑ急ぐ若き男女ら

作者の想はたとへヒマラヤの高峰に翔つてゐようとも、目交《まなかひ》に霞むのは猿政・三國・道後の嶺嶺であつたらう。初夏、五月雨の後、「苗植ゑ急ぐ若き男女ら」は「京へ上れば室の林での／鳴く鴨は何を戀に鳴くやら」と歌つた。京はその頃、今日のパリより遠く華やかな憧憬の都だつた。作者は京へ上る。森の男は松柏の香も凜凜と、なまじひに「雅男《みやびを》」などに轉身も戀身もせず、潔く、爽やかに、武骨に生き抜いて來た。茂吉に執著してこれから離れようとしなかつた。思ひこんだら、どのやうな風が吹かうと、志を變へるやうな男ではなかつた。「何を戀に鳴くやら」彼は當然のことに、早少女ならぬ眞珠少女《またまをとめ》を愛し、かつ深く愛され、紆餘曲折の後結ばれた。華燭の典の當日、私は招かれて、末席が當然のところ、上座を辱《けが》し、新郎新婦に舊約聖書のソロモンの「雅歌」を餞けた。

季季《ときどき》の實りつげきしふるさとの山にひめおく雪か初戀
花ひとつむつびし睦月《むつき》雪のむたなれとかはせし言葉のゆくへ
火のにほひくぐりくぐりて胡桃割りめとりののちのいざあひことば
われとなれいづれの比喩として甦《あ》れむみそぎののちの石見の根雪
動物と植物の間を生きゆかむなれはわが伴侶《とも》「わが強き盾」
胸ふたつあはせてもなほうづまらぬかたちの愛か秋津かげろふ

あれは「山ン本次郎左衞門」であつたか「五郎左衞門」であつたか朧だが、「只今退散仕る」と續けた長い標題の、稲垣足穂晩年の傳記小説を見たのも、その昭和四十年代始めではなかつたか。この作品の舞臺がまた偶然三次であつた。土地には古くから傳はる口碑の類ひでもあつたらうが、足穂流の換骨脱胎の冱えが格別で、私は彼生涯の最高作と、ひそかに評價してゐる。ともあれ話は妖異譚、それも天狗か何か、荒荒しく猛猛しい化物の、徹底した脅迫にもデモンストレーションにも、一向平氣の平左である剛氣な紅顏の美少年に、相手もつひに氣を呑まれ、敬意を表して退散するといふ筋であつた。「花月」のヴァリエーションと考へてもよからう。怪力亂神が苛《さいな》み憑《つか》れて兜を脱ぐばかりか惚れ直して、以後パトロンになるほどの美少年、さすが三次には天晴な男がゐると、妙な感心をしたものだが、この主人公の丈夫振のイメージも、いつとなく安森敏隆に重なつてゐた。それだけに「歌垣反芻考」や「わが、レプチャびと」の、民族學的思考やアニミズムは、素直に頷かせるところがあり、逆に「沈默の鹽」の一種のクリスチャニティ、それも原始基督教的な、ダイナミックな「神」への叫びが、作者の壯烈な回心にも見え、それなればこそ、作者にとつては、殊に壯年期に入らうとする彼には、重要であると思はれた。

汝らは地の鹽なり、鹽もし効力を失はば、何をもてか之に鹽すべき。後は用なし、外にすてられて人に蹈まるるのみ。

〈馬太傳第五章第十三節〉

Vous êtes le sel de la terre. Mais si le sel perd sa saveur, avec quoi, la lui rendra-t-on? Il ne sert plus qu'a être jeté dehors, et foulé aux pieds par les hommes.

山上の垂訓に續くこの苦《にが》く鹹い聖句を、クリスチャンとなつた作者がどのやうな心で受けとめてゐたか。鹽は、若い作者の魂の中では、「雪」と等質の、潔白純潔の象徴となつた。それを保證するのは「沈默」と呼ぶ禁慾的な儀式であつた。森林の青年として人と成り、その性を喪ふことのなかつた作者にとつて、それはむしろ性に適し、極く自然な生き方であり、志ではなかつたか。彼の回心、回心後の生に、彼の愛する伴侶の及ぼす影響力は大きい。そして、作者は、その事實を尙び、連禱一聯を以て記念してゐる。『沈默の鹽』とはすなはち、永久に効力を喪はぬ鹽でありたいと言ふ、作者の誓約であらう。

存在のきはみに咲きぬ夕櫻ながうちの子とわがうちの鬼
ふりむきて地球のうしろのぞきゐる麒麟やさしも永遠《とは》の花影
ここすぎてかなしびの聲すきとほるわれの背向《そがひ》を蜩《ひぐらし》鳴けり

草原のかなたへはしる獣ゐていちにんの死を越ゆるかげろふ

なはとびのなはのなかなるふるさとの空どこまでもかへりゆけ雁

契約は卓上の鹽くちびるは永遠《とは》にうるめる默契の種子

逆信と人言はば問へてのひらにあふるるばかりの鹽みたしめて

無花果のほのぼのとしてひとところ夕べの罪のほのあかりみゆ

作者も人の子の父となり、その子に傳へねばならぬことのあまたを歎くことであらう。人として、男として、「契約は卓上の鹽」と宣言する心は痛切だ。鹽とは、安森敏隆にとつて、良心の別名であつたかも知れぬ。魂の傷に觸れる時、耐へがたい疼きを發し、心の水面に落す時、愛の魚族《うろくづ》はたちまち蘇る。子も亦いつの日かこの榮光と罰を知ることだらう。その時、「罪」さへも「光」となつて、無可有郷《ユートピア》の象徴樹無花果の梢に匂ふのだ。

父を問う

河野裕子

安森敏隆の最も初期の作品に、連作「戦争前夜」二十首がある。この連作は、昭和三十八年の『短歌』にその年の角川賞候補作品として掲載されたものである。ここで〈ちち〉と〈はは〉をからめて捉えられた主題、すなわちおのれの存在の始まり、原点への問いかけは、その後一貫して彼の作歌姿勢を支えて来たものと考えられる。「戦争前夜」を、「受胎前夜」と置きかえて考えてみるとき、「ちちとははの伝記」というサブタイトルは、父母の伝記であるという以上に、彼自身の生の原点確認のための指標として位置づけられる。(以後引用はすべて歌集より)

最後の夜野獣ひそませちちとはは「さればこの床、柩となるべきか」

ちち行きて一人たたずむ桟橋のはははは揺れゐき胎動おもく

このような形で、ことさらにも自己の存在の始源を確認し、説明せざるをえなかったのは、征った父がそのまま還って来なかった為に他ならない。彼にははじめから父は不在であった。息子は、父なる男の姿を見上げ、その相似の影を踏みつつ成長するものだが、彼にはこのようなありきたりのコースを辿って父に至る、という道順がもとより奪われていたのである。彼にあるのは、出征し、戦死した父、その伝聞による事実だけである。従って彼の内なる父の原像は、永久に〈出征時の父〉の域を出ることは無いのであり、彼の思いがこの時点に留まり、くり返し父の不在を問うのは当然のことである。

自らの受胎と出生という、最も根源的な〈体験〉は、誰にとってももはや杳かな昧い時空のことであって、それを現時点に回収し直そうと試みることなどめったにあるものではない。しかし彼がなおそのことに固執し続けるのは何故か。常に自己の存在が曖昧でおぼつかなく、実体が稀薄で仕方ないからである。「母には二たびあひたれども父には一度もあはず」と、古い謎解きでいわれたように、一度も逢ったことのない父、その父の不在は、おのれの出自への不安であり、不安はそのままおのれの存在への脅威であったからである。

「戦争前夜」二十首が、安森にとって最も私性に関わった問題を扱いながら、仮構に託して、

もつれとぶ蝶ら戦野に追ひ行きしちち潜ませて生れし子あり
永久にちちの姓名《なまへ》を受け継ぎて墓標に花をそへる民《たみ》あり

と歌われているのは、注意していいことである。想像力を飛翔させ、時空を自在に

操作しつつなされた連作、「歌垣反芻考」、「彼岸の婚」等と同次元には読みえない、あまりに切実なものがここにはある。「生れし子あり」、「花をそへる民あり」と、自分自身を突き放さざるをえなかったのは、彼に「父の子」としての確信がなかったからではあるまいか。彼が父の子であると証するものはわずかに、「永久にちちの姓名《なまへ》を受け継ぎて」と歌われたように、その姓名だけである。姓名は、現実生活の中では不可欠であるのみならず、より有機的に働いて有効性を発揮するものではあるが、しょせん符号でしかない。観念領域に属するものでしかありえない。このような乾いた認識は、次のような歌にも端的にあらわれている。

ちちと呼ぶ〈墓〉に戦後の風吹きて供物の造花雪に咲きをり

このように乾いた観念の中に父を投影させつつ、「父」への出立をした彼は、父と子が必然的にもたねばならない距離、近づけば近づくだけ遠ざかるという、年齢的距離の影ふみにも似た追いかけっこからは自在であった。「父が戦死のよはひとなりぬ」と歌った時、父は決定的にその追われる位置からの逆転を余儀なくされた。稀薄な、あるとも思われぬ影ではあったが、あたかも夕日に向かって立つ者のように、その影が背後に、まさに過去に向かってしか伸びなくなった時、父と彼は同一地平に立ったのであり、この時ようやく父は父本来の相貌をもって現前するに至った。

かすかなる父系つたひてひびきくる春はいくさのはじまるきせつ

「春はいくさのはじまるきせつ」という下句のフレーズは、若い男の脈動と重なりつつ読者の血をも搏って来るような、弾んだ律をもっていて、口誦性をも備えた歌として初読以後鮮明に記憶されているが、この歌をもってはじめて、父は雄として彼に対峙した。刺交うべき雄々しき父の存在を獲得したわけである。これはすなわち、安森自身の雄としての自覚に他ならないのだが、このあまりに遅きに過ぎた雄の自覚は、何に由るものなのか。

「歌垣反芻考」に次の歌がある。

ねむりつつははとちちとにはさまれて討たるる鬼の愉悦をみたり

「ははとちちとにはさまれて」、つまり彼には、識閾さだかならざる幼い日の昔から、父なるものと、母なるものとの葛藤があったのではあるまいか。不在の父に対して、彼の現実生活の一切に関わって、母の存在がある。このような母に対して、彼の男としての性は反撥しつつも、母性へのふかく広い理解の領域を示しただろうことは容易に想像されるところである。そのひとつの証左として、安森作品には男性としては珍しく把握のたっぷりとした、艶なあたたかみのある原初的な闇志向といったものがある。更にいえば、いのちの見つめ方が特異である、というより女性的なのである。例えば同じく「歌垣反芻考」の中の冒頭の歌

ふるさとの山がかはせし秘儀ひとつわれ生みいだすまぐはひとなる

「ふるさとの山がかはせし秘儀」という、おおどかなふところの大きな発想には、奔放な性の交歓の場の伝承と共に、母の母その又母というように、初源に向かって遡行してゆくいのちへの視点があって、「われ生みいだす」の「われ」を、個を越えた普遍的な広がりのあるものへとひきあげている。又、次のような歌はどうだろう。

永遠の摂理さかのぼり証すためはは犯されし日の子はぐくむ

胎内に抱えもった、まるごとの生命の実体は、実感としてまさに生理的に、母親にその生命原理を納得させるものであろう。犯された日の子を育み続ける母の居直りが、ふてぶてしさや悲傷性を越えて、ある聖性を感じさせるのは、いのちを包摂し、肯定した表現、「永遠の摂理」によるものと思われる。同じようなことは、

われよりも低き泉にひそみゐる耳なきもののいのちするどし

満つる潮河《しほ》上にむきよみがへる　いのちのことなど考へてみる

についても言えることである。

このような、安森内部における父性と母性の微妙な重なりの部分を検証してゆくとき、妻の妊娠と長子の誕生を扱った連作、「赤道」の中の次の歌につきあたる。

はるかなるやよひの雪のあかるめりわれやどさしめ死にし父はも

この一首には、決定稿に至る経緯として、

はるかなるやよひの雪のあかるめりわれをやどして死にし父はも（傍点筆者）

のような改稿の手続きがあったのであるが、「やどす」という他動詞から、やどさ「しむ」という使役の助動詞への置換という、実にさりげない手際の中に、安森敏隆はふと彼の歌の秘密のありどを示しているかのようなのである。「われをやどして」ならば、「子をやどしたまま死んだ父」の意になることに気づいて、父親本来の役目、「やどさしむ」に直しただけのことではあるのだが、「子をやどす父」、つまり母性の特権を行使する父性の、かかる出現は一体何を意味するのだろう。

先にも引用した「戦争前夜」の一首、

もつれとぶ蝶ら戦野に追ひ行きしちち潜ませて生れし子あり

の、「ちち潜ませて生れし子」、つまり、「ちちを宿して生れし子」は、「われをやどして死にし父」と、全く逆の時間軸の中に位置しながら、同じ位相、つまり母性を核にして発想しているのである。

安森内部の雄の、父性の自覚は、このように母性との重なりの部分だけ人より遅れたのである。そしてそのずれの部分から、おのれ自らに言いきかせるように、「死者とふものは越ゆるほかなし」と歌い終えた時、彼は改めて、父は亡父であること、不在であることを確認しつつ、自立したおのれ自身の父性への確立と、思いを励ましているのである。

手ざわり不確かな模索の中に久しく求め続けた父、そしていま辞書を置きつつその存在を問う父、〈父とは何か〉。これは彼自身の、みずからが存在への問い返しに他ならない。息子を得てから後の作品群に、あえて〈不在論〉を冠したとき、彼のこの主題は、いっそう切実な衝迫を伴って彼を、擲つ。

亡父《ちち》にかはるわれの父性のめばえきてひとひ辞書置き存在を問ふ

覚書

一九七〇年代の「特立性」とは一体何だろうか。政治、経済、社会学的な視野でなく、存在論の一点にたってふり返ってみるとき、ますますアモルフな状況が世界をおおい、それに呼応して人間の希薄さだけがめだってきたようにもおもう。こうした中にあって、僕はひとつの処女歌集を出そうとしている。おもえば、大阪の「'67現代短歌シンポジウム」の折、塚本邦雄さんに会ったことが僕の創作への開眼になった。それから「幻想派」という拠点にあって、数人の仲間と創作をつづけてきた。

九年ぶりで開催された「'76現代短歌シンポジウム」の折、永田和宏君に呼び出されて、ひさしぶりに東京に行った。荒川洋治、春日井建等のパネル・ディスカッションもさることながら、何といっても圧巻は二日目のパネル「仮構の浪曼から、われわれの回復へ」であった。作家・中上健次、立松和平、詩人・清水昶、歌人・佐佐木幸綱、福島泰樹、三枝昂之。僕も総合司会として加わったのだが、彼らは四百人ちかくの聴衆を前にしながら、あたかも居酒屋で議論するかのように、一見ふざけながら、いつのまにか火の出るような状況をつくり出して帰って行った。あとから解ったことだが、彼らの合言葉は「ふざけてやろうよ」であり、そのためには前の晩ほとんど寝なかったそうである。今日のシラケたアモルフな状況をたくみに逆用し、頭を一種の空白もしくは朦朧状態におくことにより、おのれの裡なる無意識に懸けようとしたものである。うたうべき「もの」や「眼」が、絶対の空間から相対の闇の中につきおとされてしまった今日の世界を、「眼」に見えるものとしてよりか、カオスとしてとらえようとしたパースペクティブとして評価してよい。おのれをとりまく外の闇だけでなく、おのれの裡なる闇にむかって、一見ふざけながら、各自が真剣に目をむけていたのである。

作家がひとつの作品を書くということは、単におのれの体験してきた過去の生活を反芻して書くことではなく、おのれ自身にも解らない、おのれの裡なる闇にむかって筆をすすめてゆくことをおいて他にない。日常生活の平凡な現実から、いかにしてポエティカル・マティリアルをすくいだし、再構築するかということが詩人の根源的な問題である。昨日歩いた同じ道から今日は別の現実にであい、明日はもっと別な現実がまちかまえているという真昼の椿事にであい、つくりだすものでない限り真の詩人とは言えまい。その要となっているものが、創作の現場に措定されてある、おのれの裡なる認識者と幻視者である。この二つの「眼」のからまりあいのうちに、想像力としか言えないものが現出し、それが日常生活を営む〈私〉を越えて、おのれの裡なる闇と世界の闇を切り開いてゆくのである。

Ⅰの「不在論」は、最近作から逆年順でくんだものであり、僕の不在をとおして逆に存在の根源を問おうとしたものである。Ⅱの「存在論」は、初期の「戦争前夜」から編年順でくみ、僕の存在をとおして逆に不在の在所をたしかめようとしたものである。はからずも、茂吉が苦心して編纂した初版『赤光』と同じ形態になった。

この歌集を出すにあたっては、多くの方々の厚意にささえられた。栞に、身にあまる文章を下さった梅原猛氏、塚本邦雄氏、河野裕子氏に厚くお礼申し上げます。また、「幻想派」「異境」さらには「新風土」「青炎」の仲間によって、この歌集の母胎になる歌を創ることができたことをしみじみと幸福に思います。なお、装幀から出版にいたるすべての労をとって下さった政田岑生さんに、この場をかりて感謝の意を表したいと思います。もし、あなたに出会わなかったら、僕に歌集などなかった。

最後に、このつたない歌集が何人かの真の友を得るためのきづなになってくれれば、と希うばかりである。

一九七九年二月十八日

安森敏隆

幻想論序説

太田代志朗
（作家・高橋和巳研究会主宰）

あらかじめいっておくならば、無傷の幻想などありえるはずがない。

文学による自由、言葉による自由が究めて困難であった時代。日々の実存的な痛みとともに、われわれの内なる現実はとめどなく亀裂していった。これこそ幻想としての文学、詩歌に殉じることの宿業であったのだろう。

歌集『沈黙の塩』は一九七九年五月に発行された。すでに、「戦争前夜」二十首（角川賞候補作品、一九六三年）をもって歌壇に登場していた意味は大きい。憧れと断念、瞑想と情熱、不安と浄福――地の塩は沈黙してしまったのか。深いいのちのかがやきに、光は深い信頼にみちているのでなかったのか。悲哀と贖罪に身を削ぐ自己救済などありえない不条理に、希望の灯火がゆらぎつづけていた。

　最後の夜野獣ひそませちちとはは「さればこの床、枢となるべきか」
　もつれとぶ蝶ら戦野に追ひ行きしちち潜ませて生れし子あり
　いきものの胎動ひめて妻のゐる夕べの凪のみなもとどころ

鋭敏に研ぎ澄まされた感性が秘められた領域をうがつ。この絶唱には存在論的な恐れそのものが、永久の定型詩の無類の韻の調べとなっている。不在の「ちち」を不可視の戦場に問い、密会は「野獣」のように燃えても、「床」は「柩」と同義として嘉すべき一夜が別離の儀式になる。そして身籠った「はは」は運命にながらえ、やがて迎えた「妻」は新たな「いきもの」をはぐくみ、「子」にたいする「父」たる家族の行方が切実にうたわれている。錯綜する時代の闇をかきわけ、出自にまつわる連関性が濃密な空間をつくる。それは永遠に回帰する循環であり、血の系譜の悲劇であり、同時に鮮烈のエロスの謂でもある。

変幻する内的言語が恐怖と魅惑の詩情を炸裂させる。孤独によじりあうような聖餐のひとときに、波瀾の語句、語感のいろどりが痛切ににじむ。虚構の私性に比喩でも未秩序でもなく、生の現実を相対化させながら、ここには新たな世界が創出されている。静謐さと激情による旋律からあふれる幻像は、無限の自由な心をひらいてわれわれにせまる。

ほかでもない、斎藤茂吉幻想論の研究に徹することをきめ、時代の感性をゆさぶる反写実の夢と幻を追撃する安森敏隆の初々しい位相であった。

ふるさとの躑躅の森をくぐるとき未生《みしやう》のわれのあやまちにほふ

なりはひは夕日とともに静もれり葡萄園のぶだう闇にみひらく

花ふぶき雪となりたるこのあしたわがうつせみの半生はみゆ

それにしても、「未生のわれのあやまち」とはいったい何か。悪胤の葡萄園の「闇にみひらく」ぶどうの実体とは何か。花吹雪に「うつせみの半生」をみる官能と憂愁とは何を意味しているのだろうか。

三十一音を構成する語句は冴え冴えとし、破調と断想のきらめく栄頌となっている。従来のリアリズムと決別したとはいえ、塚本邦雄の「短歌に幻を視る以外何の使命があらう」という衒った仮構の美の乱反射もさりながら、ここにはこのうえなくかぼそく繊細な心象が形成されている。幻想空間の戦慄的な美しさとともに、その感受性と詩型は、宇宙の果実が甘美な味感にとけこむような融合の本質の愁いをおびているといえよう。想像力の極北をして鋭く彫琢された言語イメージが紺青の階調にむせぶ。不在と存在、生と死の形而上学は、夢と愛のイリュミナシオンに蒼然と収斂されている。

胸ふたつあはせてもなほうづまらぬかたちの愛か秋津かげろふ

断食の青年の胸かけぬける雲雀ありけり死にそむきたる

その前夜革命もなく雪もこず畳の上にねむれるわれら

不穏な予感とともに「愛」は色あせ、青年は「死にそむき」、不安な影を内面にいだきながら、雪の動乱をひかえた「ねむれるわれら」に凶兆の日が昏れる。ただならぬ始源にたちかえろうとしながら、内実のイメージは喩をこばみ、メタファーを無惨につきはなす。感覚の純化をはかりながら弾劾し、つぎに反転するイメージは、まぎれもなく律動感にふるえる漆黒の転調をかもしだしているのである。感動の実体として、影像や幻想、幻覚がこの世の恩寵とあいまって、根底の抒情をひややかに増殖させていくだろう。虚構の背後にひろがる現実は比喩や象徴でなく、反現実・反世界の美の相克にほかならない。

だがそれにしても、現実と超現実にひきさかれながら、本歌集には、なぜかどこまでも静かに波うつような清澄の気がみちている。瞑想的な祈りとともに、至高の内なるリズムがしだいに熱気をふくんでいく。畢竟、それは定型の永劫の鼓動のわななきに生の浄化がはかられているということなのかもしれない。酩酊し、熱狂し、呻吟する色彩の透明感とともに、はるかなたかみへとその詩魂は飛翔している。絢爛の凶々しい幻野の夜明けに。

私事にわたるが、京都アカディミズム（私学）を離脱疾走した無頼の身を赦して酌む盃に、万朶の花が降りかかる。巡りくる時の流れに、おもえば、深夜の若王寺の梅原猛邸に奇襲をかけたのはいつのことだっただろう。

お休み前の先生は矍鑠として、人麻呂像のある広間に闖入者を迎えいれ、

「君は国崎望久太郎さんの秘蔵っ子だからね」

と水をむけられた安森敏隆が緊張し、その巨体をちぢみこませているのは何ともほほえましいことだった。

オンリー・イエスタディー、熱狂の一九六〇〜七〇年代。風がたち、光がまぶしく揺れる京都を舞台に疾駆した褐色の若き知の群像。わけても安森敏隆はその含羞の表情をのぞかせながら、「永遠の花影」にくきやかにたたずんでいる。

ふりむきて地球のうしろのぞきゐる麒麟《きりん》やさしも永遠《とは》の花影《はなかげ》

安森敏隆略年譜

昭和十七年（一九四二）
一月六日、父・覽爾、母・文江の二男として広島県高田郡（現・三次市）粟屋村字長伝六二〇八番地に生まれる。

昭和十九年（一九四四）　2歳
八月二十一日、父は第二次世界大戦の南方作戦のためミンダナオの海にて戦死。

昭和二十年（一九四五）　3歳
八月、広島投下の原爆をはるかに見、敗戦の時は三歳であった。

昭和二十三年（一九四八）　6歳
四月、粟屋西小学校入学。母・文江が担任。

昭和二十九年（一九五四）　12歳
四月、三次中学校粟屋分校に入学。樫木静子先生に短歌を習う。

昭和三十二年（一九五七）　15歳
四月、広島県立三次高等学校入学。阿川静明先生（二紀会評議員）担任（以降「A川《あがわ》会」としてクラス会が毎年行われている）。中村憲吉、倉田百三が旧制三次中学の先輩であった。文芸誌「狭霧」入会。「蛍雪時代」の「文芸欄」の荒正人選に屢入選。

昭和三十五年（一九六〇）　18歳
四月、立命館大学文学部入学。国崎望久太郎、和田繁二郎、白川静先生に教わる。梅原猛、高橋和巳先生の授業を聴講。哲学科の太田代志朗（作家）に出会い親交。

昭和三十九年（一九六四）　22歳
四月、立命館大学大学院に入学。同級生に宮岡薫、國末泰平ら。以降「同期人会」の一泊二日の「読書会」を毎年続け、漱石・隆明・ブランショ・古事記・経哲草稿などを読む。

昭和四十年（一九六五）　23歳
四月、第四次「立命短歌」会を北尾勲と起す。

昭和四十一年（一九六六）　24歳
四月、立命館大学の「近代文学研究会」にて加藤淑子（としこ）と出会う。

昭和四十二年（一九六七）　25歳

七月、鴻池の塚本邸を訪問し、慶子夫人のお手製の料理をいただく（その後も、何度か訪問し、歓談）。十月、「現代短歌シンポジウム」（大阪）に、塚本邦雄・本郷義武と出る。大阪の天満屋の喫茶店でしばしば塚本・本郷と打ち合わす。十一月、「幻想派」（「0号」から「10号」）を川口紘明・北尾勲・永田和宏らと創刊。

昭和四十三年（一九六八）　26歳

十二月、国崎望久太郎教授夫妻の仲人により加藤淑子と結婚。塚本邦雄が旧約聖書の「雅歌―わが妹《いも》、わが花嫁よ」を和紙にしたためて駆け付け、読み上げてくれる。

昭和四十五年（一九七〇）　28歳

四月、平安女学院高等学校教諭。六月、「『感幻楽』をめぐるディスカッション」（楽友会館）を企画し、塚本邦雄・生田耕作・高安国世・福島泰樹・深作光貞らが駈けつけてくれる。

昭和五十年（一九七五）　33歳

四月、宇部短期大学助教授。七月、同人誌「異境」を川口紘明と起こす。

昭和五十二年（一九七七）　35歳

四月、梅光女学院大学助教授。下関に勝山公民館短歌講座を作る。最高齢者の水谷タネ九十二歳をはじめ十数名集まる。水谷さんは九十九歳の時『白壽の春』を出し、田辺聖子の『姥うかれ』の主人公として登場。八月、長男・隆司生まれる。

昭和五十三年（一九七八）　36歳

三月、『斎藤茂吉幻想論』（桜楓社）刊。

昭和五十四年（一九七九）　37歳

二月、次男・博司生まれる。五月、第一歌集『沈黙の塩』（新風土社）刊。梅原猛・塚本邦雄・河野裕子に「栞」文を貰う。十二月、「現代歌人集会賞」を『沈黙の塩』で受賞。

昭和五十六年（一九八一）　39歳

十月、『鑑賞　日本現代文学⑨　斎藤茂吉』（角川書店）の「研究案内」「参考文献目録」「年譜」を執筆。

昭和五十七年（一九八二）　40歳

三月、「石榑千亦論」（「心の花　一〇〇〇号記念号」）執筆。四月、梅光女学院大学の学生部長と文学部長を任命される。このころから矢田裕士・渡辺憲司・宮田尚・中野新治らと海釣りやテニスに興ずる。六月、三男・智司生まれる。八月、佐藤泰正学長の代行で田《でん》英夫、平凡社社長らと日中文化友好のため北京・西安・上海の十日間の旅。

昭和六十年（一九八五）　43歳

十一月、山口県芸術文化振興奨励賞受賞。

昭和六十二年（一九八七）　45歳

『創造的塚本邦雄論』（而立書房）を政田岑生の世話により刊。

平成元年（一九八九）　47歳

四月、同志社女子大学教授として帰洛。一乗寺の国崎望久太郎邸の近くにて塚本邦雄・政田岑生による歓迎会。杉野徹教授（英文学）と親交。朝日新聞「京都短歌」の選者。五月、塚本慶子氏の招待にて淑子・隆司・博司・智司は大阪のイタリアン料理店で馳走になる。九月、「PHOENIX《ポエニクス》」を川口紘明と共同編集で創刊。

平成二年（一九九〇）　48歳

八月、沖縄国際大学集中講義。

平成三年（一九九一）　49歳

八月、奈良教育大学集中講義。鹿の遊ぶ校庭を横切り、旧校舎で大学院の学生を中心に冨山敦史（歌人）らを教える。

平成四年（一九九二）　50歳

六月、「同期人」の仲間と『日本文学と人間の発見』（世界思想社）刊。

平成五年（一九九三）　51歳

三月、「装飾樂句論《カデンツァ》—塚本邦雄のイエス像」発表（キリスト教文学会）。

平成六年（一九九四）　52歳

十二月、「夏目漱石論—漾虚集を中心に」（「同志社女子大学学術年報」第45巻Ⅳ）執筆。

平成七年（一九九五）　53歳

四月、立命館大学大学院非常勤講師。

平成八年（一九九六）　54歳

十一月、第二歌集『わが大和、わがシオン』（玲瓏館）刊。十二月、「漱石と子規の写生―『写生文』と『叙事文』」（「漱石研究」七号）を執筆。この年、『近代短歌と現代短歌』（双文社出版）を末竹淳一郎と『近代短歌を学ぶ人のために』（世界思想社）を上田博と共著で刊。

平成九年（一九九七）　55歳

十月、野本真也理事長、児玉実英学長の時、宗教部長になる。『新島襄全集』全十巻を買い、読み始める。ドイツ製のパイプオルガンを新島記念講堂に設置のために奔走。

平成十年（一九九八）　56歳

一月、「古今的発想と近代・現代短歌の発想」（社団法人紫式部顕彰会）講演。三月、『斎藤茂吉短歌研究』（世界思想社）刊。

平成十一年（一九九九）　57歳

七月、『風呂で読む　短歌入門』（世界思想社）刊。九月、「ＰＨＯＥＮＩＸ」一〇号に川口紘明・永田和宏と願成町《がんじょうちょう》の自宅で鼎談「二十一世紀の茂吉」。その折、永田氏が初版『赤光』を古本屋で手に入れたといって持参。

平成十二年（二〇〇〇）　58歳

この年より義母の在宅介護が本格的に始まる。バイエルとパソコン始める。九月、博士（文学）を立命館大学より授与。この年、義母を介護していたら「歌」がわき上がり、年間七千首ばかり介護の歌ができる。十月、新島講座「新島襄の短歌」（有楽町朝日スクエア）講演。十一月、母校の三次高校に招かれ「二十一世紀を生きる　この一〇〇年間何を見てきたか」の講演。杉田靖彦はじめ旧友十五名ばかり聞きに来てくれる。

平成十三年（二〇〇一）　59歳

二月、早川一光の「気分は青春　死ぬまで勉強」（ＫＢＳ京都ラジオ）に出演。七月、速水流（速水滌源居）のお茶の講座「二十一世紀の伝統を考える」（岡山）の講話。十一月、『大学教授の介護日記　介護・男のうた３６５日』（新葉館出版）刊。

平成十四年（二〇〇二）　60歳

一月、『介護うたあわせ　介護・女と男の25章』（淑子との共著、三男智司の装画　京都修学社）刊。四月、KBSテレビの「比叡の光」に「介護の歌」で出演。八月、及川隆彦インタビュー「介護は家族論である」（安森敏隆・淑子）。九月、笠原芳光との対談「新しいイエス像を求めて」（世界思想社の会議室）。十月、「日本ペンクラブ」の後、太田代志朗に連れられて若王寺の梅原猛邸を訪問。十一月、秋の城南宮の「曲水の宴」に出演、この後もしばしば春と秋の曲水の宴に出る。

平成十五年（二〇〇三）　61歳

六月、「ポトナム全国（京都）大会」に「ポトナム」顧問・白川静「短歌の原質」の講演をしていただく。十月、全国大学国語国文学会「うたことばの源流と展開」（東京）の「近代」の報告。十一月、講演「石川啄木と斎藤茂吉」（国際啄木学会）。十二月、読売新聞に「ケア・ノート」を連載。

平成十六年（二〇〇四）　62歳

一月、城崎中学校の講堂で「俳句と短歌」の実践教室。二月、城崎百人一首の選評と講話（城崎文芸館）。三月、「ネットワーク日本」（NHKラジオ第一）に木津川計と対談。五月、ラジオ深夜便に安森淑子と出演し「介護短歌について」を話す。六月、塚本邦雄と『聖書』を手に対談（『独断の栄耀―聖書見ザルハ遺恨ノ事』菓文館出版刊）。十月、城崎の柳湯に歌碑ができる。（「母父《おもちち》のごとき城崎の湯につかりゆたけき柳の息をいきづく」）。

平成十七年（二〇〇五）　63歳

十月、創作劇「引野収・浜田陽子の生涯」（呉竹会館）の監修。十一月、第三十回全国高等学校綜合文化祭「短歌」（奈良）の指導。

平成十八年（二〇〇六）　64歳

二月、福祉ネットワーク「NHK介護百人一首」のテレビに出演。四月から「NHK短歌」へ「いのちを見つめる」の連載を始める。藤原定家の小倉百人一首の歌碑を嵐山東公園へ寄贈。（世の中よ道こそなけれ思ひ入る山の奥にも鹿ぞ鳴くなる　皇太后宮大夫俊成）（安森敏隆・淑子寄贈、冷泉貴実子揮毫）。

平成十九年（二〇〇七）　65歳

三月、「順徳院記念佐渡百人一首」に神作光一・秋葉四郎・島崎榮一と選者となる。九月、「斎藤茂吉と塚本邦雄―二つのリアリズム」（第二十八回日本歌人クラブ大会）講演。

平成二十年（二〇〇八）　66歳

二月、福祉ネットワーク「NHK介護百人一首」（NHKふれあいホール）。六月、佐渡鷲山荘文学碑林（久保田フミエ）に歌碑が建つ。（「たまきはる命はぐくみ鎮もれる麦僊杏村生みし島はも　敏隆」「月下泉ひそかに光るま夜中はいしふみのこゑ海を渡らむ　淑子」）。十月、第三歌集『百卒長』（青磁社）刊。

平成二十一年（二〇〇九）　67歳

一月、「ポトナム短歌会」の代表になる。三月、「城崎観光大使」に任命される。五月、『百卒長』にて日本歌人クラブ賞受賞。八月、「一〇〇〇号から一〇〇〇号へ」（「ポトナム」千号記念特集号）。春日真木子・神作光一・篠弘・秋葉四郎・小高賢・三枝昂之・晋樹隆彦・大塚寅彦らの寄稿。十一月、「茎三忌」の墓参（法然院）。

平成二十二年（二〇一〇）　68歳

二月、福祉ネットワーク「NHK介護百人一首」（NHKふれあいホール）。六月、「ポトナム」一〇〇〇号記念全国（京都）大会開く。十一月、「茎三忌」の墓参（法然院）。

平成二十三年（二〇一一）　69歳

二月、福祉ネットワーク「NHK介護百人一首」（NHKふれあいホール）。十一月、「茎三忌」の墓参（法然院）。十二月、智司夫妻とフランス十日間の旅。この年より、「ポトナム一〇〇〇号叢書」の刊行始まる。

平成二十四年（二〇一二）　70歳

二月、同志社女子大学公開講座「樋口一葉・与謝野晶子から介護短歌・ケータイ短歌」の講演。同志社女子大学から「名誉教授」の称号与えられる。四月、「巻頭言　九〇年から一〇〇年へ」（「ポトナム」九〇周年記念号）。佐佐木幸綱・来嶋靖生・福田龍生・伊藤一彦・永田和宏らの寄稿。六月、「小泉苳三論」（「日本語日本文学」第二十四号）。九月、立命館大学集中講義。十一月『うたの近代—短歌的発想と和歌的発想』（角川書店）刊。「苳三忌」の墓参（法然院）。十二月、智司夫妻と北京を中心に一週間の旅行。

平成二十五年（二〇一三）　71歳

二月、福祉ネットワーク「NHK介護百人一首」（NHKふれあいホール）。三月、宮崎哲生を中心に第五次「立命短歌」発足（秋葉四郎と共に名誉顧問。中西健治顧問）。四月、「水甕一〇〇周年記念会」（東京）に出席。五月、梅光学院同窓会主催講演会「うたの現代」（下関）。「八重の和歌と新島襄の短歌」（『31音青春のこゝろ　2013』NHK出版）執筆。十一月、「苳三忌」の墓参（法然院）。

平成二十六年（二〇一四）　72歳

二月、「NHK介護百人一首」（NHKふれあいホール）。六月、講話「塚本邦雄＆斎藤茂吉との出会い」（塚本邦雄研究会）。八月、川口紘明を八王子の自宅に安森博司と見舞う。歌集『この身響らずは』（ながらみ書房）の跋文「若き仲間と『幻想派』のことなど」を書く。十一月、尾道のいきいき大学「現代の百人一首」の講演。「苳三忌」の墓参（法然院）。十二月、塚本青史著『わが父塚本邦雄』（白水社）のなかで、塚本邦雄と並んで写っている写真などが記載される。

平成二十七年（二〇一五）　73歳

二月、「NHK介護百人一首」（NHKふれあいホール）毒蝮三太夫、阿木燿子と共演。三月、城崎文芸館にて「城崎百人一首」「城崎百人一句」の選評と講話。

現住所
〒六一二—〇八〇九
京都市伏見区深草願成町二四—一

本書は昭和五十四年新風土社より刊行されました

歌集 沈黙の塩　〈第１歌集文庫〉

平成27年３月29日　初版発行

著　者　安　森　敏　隆
発行人　道　具　武　志
印　刷　㈱キャップス
発行所　**現代短歌社**

〒113-0033 東京都文京区本郷1-35-26
振替口座　00160-5-290969
電　　話　03（5804）7100

定価720円（本体667円＋税）
ISBN978-4-86534-084-6 C0192 ¥667E